Por los eneros sórdidos

Otros poemarios de
Alexis Soto Ramírez
(La Habana, 1967)

Celada
(Santiago de las Vegas, Cuba: plaquette, 1988)

Estados de calma
(La Habana: Extramuros, 1993; y
Ellicott City, MD: Lenguaraz, 2019)

*Oscuro impostergable o la circunstancia
de la hormiga*
(Ellicott City, MD: Lenguaraz, 2016)

Turbios celajes intrincados
(Ellicott City, MD: Lenguaraz, 2016)

La moda albana
(Ellicott City, MD: Lenguaraz, 2019)

A L E X I S   S O T O   R A M Í R E Z

Por los eneros sórdidos

Ediciones La Mirada
Las Cruces, Nuevo México
Estados Unidos de América
2021

Por los eneros sórdidos
Primera edición: abril 2021
Derechos Reservados: Ediciones La Mirada
Hecho en los Estados Unidos de América

ISBN: 978-0-9971960-5-4

© 2021 de esta edición: Ediciones La Mirada
© 2021 de los poemas: Alexis Soto Ramírez
© 2018 de la pintura de cubierta: Alejandro Mendoza,
    «I love to visit them», acrílico sobre tela, 1 x 1 m.

Edición: Jesús J. Barquet
Cuidado de la edición: Jesús J. Barquet
Diseño de cubierta: Franky Piña
Maquetación: Alexis Soto Ramírez

Agradecimientos: A Jesús J. Barquet, José Antonio
Michelena Gutiérrez, Benito Pastoriza, Franky Piña y a mi
Chavelita. Y a New Mexico State University.

Made in the United States of America by La Mirada

Índice

Pescar imanes con la armonía del árbol: la poesía de Alexis Soto Ramírez

Alexis Soto Ramírez era un joven profesor de la enseñanza media superior en la capital cubana, y estudiante de Ciencias de la Computación en la Universidad de La Habana, en 1994, cuando se subió a una balsa para desafiar la corriente del golfo. Pero más desafiante aún resultaba «el áspero roce del hambre» en su humilde barrio capitalino, soportado hasta entonces porque se mezclaba, «en un mismo charco», con la sonrisa del amigo, «sin luz y sin tinieblas». Ya él había publicado un cuaderno de poesía, *Estados de calma* (La Habana: Extramuros, 1993), donde dejaba constancia, tanto de su talento expresivo, como de su desasosiego y desamparo: «Estoy perdido entre las voces y el llanto del demonio, inmovilizado por esta sensación de cúspide. Los peces se ahogan en torno a los grotescos dedos de los árboles. Sé que morir será como volver a mirarse entre los círculos infinitos de la imagen».[1]

De manera que el poeta se echó a la mar, y la vio «como no podrán verla otros ojos», vio «el plenilunio alborozado» que lo miraba adusto, y «la plata ondulante» en «el lomo/ de la incesante ola», aunque no puede asegurar, si la mar vio a su vez todo su espanto, ni tiene la certeza de que la famélica gaviota no fuera una invención del viento, ni tampoco comprendió «los estandartes/ nublados de la orilla».

---

[1] Las citas anteriores y posteriores a esta proceden de *Por los eneros sórdidos*. En algunas ocasiones prescindo de las comillas para una mayor fluidez.

En la otra orilla (Florida, Chicago, Maryland), Alexis recomenzó su vida: trabajó, fundó una familia, y al cabo de un largo tiempo, se reencontró con la poesía. Pero nadie queda incólume después de haber braceado en los límites. Sus versos muestran el resplandor de su alma inquieta, pero también las dentelladas del tiempo. Desde 2016 hasta la fecha, el poeta ha publicado tres libros (*Turbios celajes intrincados*, *Oscuro impostergable o la circunstancia de la hormiga*, y *La moda albana*), a los que se agrega ahora esta nueva entrega.

Por los eneros sórdidos ofrece una mayor diversidad expresiva y temática que las obras anteriores. Aquí vemos un discurso que puede llegar a la síntesis extrema de una o dos palabras por verso («salgo noche/ pescar imanes/ alegorías/ fieros aguijones»), o que se ensancha por los senderos de la prosa, «como se agrandan algunas palabras de extraño vuelo»; un lenguaje poético que se apoya en elaboradas metáforas, en imágenes intrincadas, porque el creador no se fía «de las frutas de árboles bajitos», porque «no siempre es la madeja lo que confunde al tigre»; en un registro de voces múltiples; en una sintaxis de versos yuxtapuestos, subordinados, o encadenados; en una pluralidad discursiva que expone, narra, describe, enuncia, evoca, denota, y ocasionalmente se regocija en los tonos y maneras de algunos de los poetas del Grupo Orígenes (José Lezama Lima, Eliseo Diego, Lorenzo García Vega), y hasta nos brinda una definición de poesía que es un claro guiño al autor de *Paradiso*:

> así la concentración de la esencia
> sin la cintura impuesta por la forma
> llega por el asalto marino
> a la mostaza derramada

Los asuntos y motivos de los poemas recorren un variado espectro temático desde la particular forma expresiva del autor, en la cual, los elementos del mundo natural (vegetal o animal), los objetos, y los estados del tiempo, casi siempre están presentes. Puede ser la marca de la nostalgia: «adónde fueron a parar los caballos/ que ya no dan al adoquín su alegre resonancia»; la descripción de un caserío: «distante era la montaña y sus chorros de agua/ borboteando hacia el oscuro abajo indistinguible/ la moribunda tarde llegaba a los pequeños tugurios/ atiborrados de incesantes tonadas// [...] abajo se perdía la ciudad/ tentáculo molusco/ las palmas abriéndose en moderado regocijo»; la visión de un escenario de pobreza: «comarca o murmullo/ bultos indigentes/ cascabeles abejorro flequillo/ pesados relojes/ en la sentida prisión/ a la campana engullen»; o la extraña sensación de entrar en una edad provecta, como vemos en el poema «una pajarera», el cual es un ejemplo notorio de ese estilo abigarrado, barroco, que aquí alcanza alta nota y ofrece originales imágenes («una rosa seca gimiendo en un pedregal», «una bofetada como un sol emboscado»), metáforas del estremecimiento y la impotencia («el hombre que grita desde el fondo del pozo») ante un tiempo que se escapa cuando aún no se han perdido los deseos de alcanzar los sueños. Como guinda al pastel, tras el inicio en prosa, cierra el poema en versos con un intertexto de «Muerte de Narciso», de Lezama Lima.

El anuncio de la vejez asume un peculiar ropaje en «memoria resoluta», asumido por el sujeto lírico en primera persona singular: «a medio camino/ entre la hormona y la rabia/ está mi desconsuelo/ [...] salgo al medio del tumulto/ por el reverso de los lugares comunes»; y otra personificación diferente en «el árbol»: «instinto doblado/ dedos doblados/ espalda llena de palabras/ de ponzoñas/ el árbol se ahoga de ilusiones/ en su garganta el mutismo».

La naturaleza, utilizada por el autor para una diversidad de significados, emerge y deslumbra en «la hojarasca»: «allí cuidamos toda la noche el fuego/ descubrimos el abismo de la madera/ cuando se raja un leño/ en lo más recóndito del bosque»; aviva y revuelve los instintos y los recuerdos en «pájaros»: «pájaros que adornan la mañana/ húmeda aún de sueños/ en su celo revientan la cálida memoria/ de la memoria»; y es mostrada, en la letanía de su exterminio por el hombre, en «como de pájaros el aire»: «como regresa al acordeón/ una y otra vez el mismo aire/ así culmina cada rostro su exterminio// como zarpa de tigre coagulado/ retina turbulenta/ salto ciego a los espacios aberrantes»; o en el conflicto entre las especies, en «hegemonía del hongo»: «las esporas del hongo corroen el delirio de las aves/ sobre sus plumas esparcen su amenaza/ su lenta hegemonía// mundo vegetal/ qué otra cosa puedo hacer sino engullirte/ mundo animal/ que tus costillas sacien de una vez/ mis ambiciones».

No faltan en el libro los asuntos de más inquietante actualidad sociocultural y sociolingüística, como la posverdad y las noticias falsas. Esas erosiones que sufre el lenguaje y lo real en nuestros días, aparecen en «la palabra»: «cuando renuncia a su espacio la palabra/ y la vergüenza va agonizando/ extraviada entre renglones/ bulle bajo el agua ciego un genocidio»; también en «la verdad»: «parda la verdad/ por la oblicua senda huye/ su inusitado ardor se pliega agitándose/ le corren por la espalda sudores/ espasmos»; y en «posverdad»: «el mito corroboró la falta de cordura jamás aplacada por los pasados aguaceros ya se verá pronto en las caras de las revistas apiladas en sótanos infectos», una epidemia para la que propone, como antídoto, «soñar ortigas o candelabros», porque «podría ser la mayor sedición».

El humor, como recurso expresivo, se muestra en varias ocasiones en el libro, y el poema «inventos» es su exponente más señalado: allí encontramos una pomada de hacer helicópteros, una poción para ir despacio por la vida, una lámpara pequeña de disipar mentiras, y hasta una escalera para bajar, pues «para subir es siempre aconsejable/ hacerlo con alas». No hay nada mejor que asumir la poesía como placer y diversión de la imaginación y los sentidos.

En *Por los eneros sórdidos*, Alexis Soto Ramírez deja constancia de la riqueza alcanzada por su poesía y ratifica la pertenencia de su voz en el ancho espacio de esa literatura cubana de la diáspora tan diversa como poco conocida, construida en las soledades de ultramar, acaso con el sueño de que sus versos «tal vez una ráfaga los vuelva luz/ allá donde se agarran las estrellas a la noche/ donde se pierden las almas/ en esa oscura/ pradera que convida».

José Antonio Michelena Gutiérrez
La Habana, 22 de febrero de 2021

A mis amigos

por los eneros sórdidos

los sin hogar, en Washington D.C.

cierro los ojos lanzo
al callejón otra mirada
no logro discernir sus rostros abatidos

por los eneros sórdidos corría un viento
de hojas sueltas
rodaban vasos de cocacola
alitas de pollo estilo búfalo
miradas que mordían en silencio
los trozos de su acera
la mascada que arrebataron
los servidores de la fe

temprana es la ilusión en cada enero
preparo cuidadosamente el edicto
el viento cierra mis ojos
lanzo con dificultad al callejón
mi última mirada

caracas

descendiendo desde la Colonia Tovar

distante era la montaña y sus chorros de agua
borboteando hacia el oscuro abajo indistinguible
la moribunda tarde llegaba a los pequeños tugurios
atiborrados de incesantes tonadas

no logro descifrar los rostros de los paseantes
los dilemas que debatían en silencio

abajo se perdía la ciudad
tentáculo   molusco
las palmas abriéndose en moderado regocijo

parece que va a hablar

parece que va a hablar pero se calla
se encierra de pronto en su cuenco
y así desvía a quien no llega

entonces arranca en falso
tose su carburador
(por la falta quizás de oxígeno
que las toscas frazadas ahogan)
y deja trazos de hollín
y de azulejos tirados por el suelo

antes de verse en la colmena se quita su mordaza
espanta la metralla con un gesto rojizo
imperceptible

entonces su espesa tonelada muge
y se desprenden miles de mariposas y se abraza
a la colina resbalando
y nos parece que va a hablar
pero se calla

goleta o pájaro

comarca o tugurio
el relente baña el pómulo
cada uno con su fardo
por la empinada cuesta

comarca o murmullo
bultos indigentes
cascabeles abejorro flequillo
pesados relojes
en la sentida prisión
a la campana engullen

ya sé
me repito sin parar y sin premura
como quien carga un costal oh sopor
sin brazos ante la procesión

confirmo que la mitad
de la paciencia incrusta su dominio
y sobre el agua despliega un lloriqueo en la goleta
o pájaro audaz que se destruye

el aguinaldo

el aguinaldo quebró la roca
la malparada liviandad del retroceso
los pardos quehaceres de las orquídeas
en la vidriera

hoy que no se siembra
sería el apogeo seco de la sombra
los encuentros
la encrucijada de lo legal en el espejo sonoro
quijote malnacido goteando
la rama incierta del hongo

comunicativa es la fijeza
los párpados abiertos
el aguinaldo
la orquídea languideciendo

galpones

un estremecimiento a la noche amordazada encumbra gal-
pones de pasillos llenos consagración a la escudilla que aún
conserva la hostia algarabía redoble la parturienta agazapa-
da en el umbral de la sangre lo que no aprendimos a tiem-
po se nos queda a susurrarnos el dolor de la permanencia
roncos gemidos subiendo por los muros a la sombra de
galpones siempre la más alta

sepia

contemplación de Bodyscape,
de Anton Belovodchenko

bosquejo un sepia que desangra al rojo ya vivido
la falacia obliga al cuerpo a doblarse como un atleta griego
o una modelo de anton belovodchenko

llegué sombrío y me detengo
ante los carros nerviosos en espera de una señal
resorte sonoro que del polvo emerja
silbato glacial rasgando el aire
en su punto más álgido

cuerpos tan bellos que provocan envidia
torsos   músculos en perenne movimiento
el sepia gana al rojo trémulo finalmente
impávidos carros esperan bajo el polvo
y es una marea lenta
cubriéndolo todo

el bosco

los trazos que dibujaba el bosco conocían lo grotesco sus
líneas el dolor de los ensañamientos una lanza atraviesa el
cuerpo desde la garganta hacia abajo saliendo luego invicta
por el ano pasos breves de pájaro develan un triste destino
deberíamos recordar que no hay destino ni pecado ni arre-
pentimiento simplemente cargamos nuestro odio como
linterna frente al hecho y su consecuencia fruto preservado
no se sabe si en el tiempo o en la memoria

todo lo mezcla el bosco todo lo invoca pingüinos som-
breros sapos extráeme por dios esta locura emplea aquel
cincel o aquella aguja de acero trepana bien y que sea lo
suficientemente amplio el hueco y pasen sin dificultad los
que allí se han alojado un embudo enorme corona la testa
del practicador quien es también parte esencial del cuadro

clarividencia

clarividencia vegetal
retozando en las paredes
bajo una luna llena que danza
y recoge su cabello
del color de ciertos panes

negros desembarcos de las algas
cuando escondían su entrañable secreto
bajo cortinas de infinitos pasillos
de roja intensidad

vela que se hunde
como una estampilla pegada al horizonte
acuarela de sucios trapos
beligerantes

no se comprende tan larga melancolía
no al atardecer
no por la clarividencia
venida de las algas

una pajarera

una pajarera vacía puede provocar un efluvio asimismo el
hombre que grita desde el fondo del pozo o una rosa seca
gimiendo en un pedregal qué odisea tener zapatos nuevos
la capacidad de soñar batientes bajo florentinos celajes que
no duermen la yugular tardía se extraña de sus rizos la
pálida comunión de sus desastres viene un amasijo una
bofetada como un sol emboscado qué difícil el sueño de
lo que fue espectros en el fondo de la redoma fantasmas de
enrevesados linos a los antiguos palacios me reclaman

> *carámbano y lebrel*
> delicada *mustia hoja de oro*
> secreto albino en rutilante góndola
> sin timonel y sin pudor se baña

el árbol

instinto doblado
dedos doblados
espalda llena de palabras
de ponzoñas
el árbol se ahoga de ilusiones
en su garganta el mutismo
coagula recelos
el árbol deslumbra contemplativo
enorme
sus sueños evocan el movimiento
el aire lo quiere arrebatar

hegemonía del hongo

la hegemonía nace de las sombras
para qué conjurar lo que está hecho
el grafito en la cornisa
la ceguera destruyendo la noche

las esporas del hongo corroen el delirio de las aves
sobre sus plumas esparcen su amenaza
su lenta hegemonía

mundo vegetal
qué otra cosa puedo hacer sino engullirte
mundo animal
que tus costillas sacien de una vez
mis ambiciones

todo lo que está hecho quedará en los libros asentado
el baldaquín de seda
el fino velo de almidón sobre la piedra

quizás sea sagrado este empeño del hongo
esporas invitando a una región indómita

mundo subliminal
tu iridiscencia resbala como el mosto
la palabra no cesa de inventar universos

la hojarasca

para Rubén Sariol y Raulito Echenique

allí cuidamos toda la noche el fuego
descubrimos el abismo de la madera
cuando se raja un leño
en lo más recóndito del bosque

allí lavamos con esmero las montañas
para que reluzcan sus colores más secretos
rastreamos los olores de la tierra
jamás cultivada

allí cuidamos toda la noche el fuego
cuando salen a parir las sabandijas
sin importar si atañe o no la pasada resaca
menudo cultivo
pies que vuelan como una sombra
sobre la hojarasca

adoquinando

*My favorite aunt, Auntie Len, when she
was in her eighties [...], could not
accustom herself to the disappearance of
the old. "Where have all the horses gone?"
she would sometimes say.*

OLIVER SACKS

adónde fueron a parar los caballos
que ya no dan al adoquín su alegre resonancia
tiraban de coches de pardos terciopelos
las vejigas hinchadas de los transeúntes
        paseaban satisfechas
los caballos sorbiendo el aire frío
sus esculpidos belfos de adormecer el heno
adónde fueron a parar
por dios
adoquinando

pájaros

pájaros que adornan la mañana
húmeda aún de sueños
en su celo revientan la cálida memoria
de la memoria

como se agrandan algunas palabras de extraño vuelo
y no reposan en demasiados contrapuntos
los pájaros hacen de nuestra señal
su predominio

no va a ser perfecta su prontitud
alas de tempranas oligarquías
de tenues escarnios
de luces arrebolando sin temor
a las pequeñas nubes

oh pájaros
que adornan la mañana

como de pájaros el aire

goyesco aliento como de pájaros el aire
no de silicato
sino de lentos sinsabores

como regresa al acordeón
una y otra vez el mismo aire
así culmina cada rostro su exterminio

como zarpa de tigre coagulado
retina turbulenta
salto ciego a los espacios aberrantes

ojo burlón en el recinto
su minuto de fama deseando
la arcilla excede su requerida cuota
de humedad generadora

lo que está en juego es el juego mismo
la reserva con que miramos al firmamento
sin astros ya   sin ojos la carne
por lobos hambrientos manoseada

las salvas anegando el goyesco aliento
como de pájaros el aire

memoria resoluta

a medio camino
entre la hormona y la rabia
está mi desconsuelo
revolotea cercano al intersticio
por donde invade una luz

ambientan su metamorfosis
hilando suaves notas
un piano y una ronca
trompeta destemplada

hacia un lado de lo azul
se mezclan alevosos los canarios
salgo al medio del tumulto
por el reverso de los lugares comunes
la espada urde misteriosas estratagemas
terribles edictos
disyuntivas del acorralado
entre la hormona y la rabia

lo que se escucha es una canción a medio cantar
sombras que revela un órgano
profundos gemidos
rezos de la memoria resoluta

humbert humbert

se torna dibujo tu sonrisa
atraviesa los apalaches como un hierro
a sucumbir me obliga este sabor displicente
centro mismo del gozo

el aire que sale por la tronera despide servidumbre
ese estupor terrible de la sombra

la continuidad es acaso una ilusión
vivir constantemente en otra parte
la evaporación de las pestañas en la baranda
pulida del beso

táguata   táguata
el cálido pómulo enrojecido
el meticuloso orgasmo o nacimiento de una isla
donde estrangulé a un garbanzo en su soledad

como correspondía al asaltante de bancos en ruinas
el trueque de las bacinillas en material publicitario
como de goma los niños dibujándose
en la frontera del geómetra

atiborrados sembradíos de legumbres
cordeles helicoidales
el parnaso desemboca en una puerta fluvial
antesala de una ceremonia o rito

tal como se inserta en un ovillo
la desilusión

qué sabrás tú de mi magistral destreza

llega la lluvia del otro lado
se apartan los últimos rayos en huida
desolado mugir
el macho bufando pastizales

soltaste el coágulo en el último minuto
y como era de esperar quedó quieto

a desmorir

a desmorir llega la primavera
imposible objetar su inusitado baño de luz

playas de uranio desarman prestas sus tablados
a quien sostiene un quitasol se le apagan los ojos
mientras un centro de mesa que no gira
renueva su egoísmo
aduce y tiembla ante la proposición de los geranios

a desmorir se acerca a sonsacar al hueso
en larga procesión
desde el fondo del nilo se despiertan pargos
merluzas de variopinto cuello
cocodrilos
orcas de dientes ordenados

no puedo comprender por qué enmudecen
por qué no rozan mis barbas sus espinas

en los bolsillos un pedazo de canción palpo
industrioso talego
sus garabatos sin escudriñar expiran

a qué vienes ahora
ingrata
si ya estábamos a salvo

sillón con gato

la porcelana tiende su ardid
la maga saborea su sillón con gato
su entreabrir incierto deja mimos en el aire
silueta que anticipa su peculiar desdén
su pronta victoria

eran ya poderosas sus redes
cabellos de decorados vuelos
resbalando mienten
saborean con anticipo su ardid
su tierna victoria

ensueño siempre egipcio

fino estilo el de los gatos en el espejo del agua
sobre la plaza la noche silba su falsa permanencia
lo que insinúan se deja resbalar por la pendiente
sinuosa de las palmas
se deja hilvanar como las mil y una noches
en el ensueño siempre egipcio de los gatos

ah los felices gatos

ah los felices gatos de tuiterlandia
enfrascados en incoherentes conversaciones
(aunque se debe advertir que en estos días
la incoherencia sobrepasa sin recato a lo sublime)
y descaradamente se roban
la mirada de los tuiternautas
que no pueden sino salivar sobre el cristal del móvil
o sobre el oscuro teclado de sus ordernadores
tal vez como lo hiciera avezado de pavlov su perro
cuando despierto y melindroso soñaba
con sus felices gatos que si bien no eran
los habitantes actuales de tuiterlandia
compartían eso sí el mismo descaro
de arrebolarse para sí toda la gracia

imanes alegorías

imanes
alegorías
ventana
fieros aguijones
migaja
verificación
calma

hay lugares calma
rebeliones dormidas
hay pantanos
pastos
imanes
alegorías

salgo del año
sangro
garras apenas
alcanzan tobillos

salgo noche
pescar imanes
alegorías
fieros aguijones
sin desestimar
sin perder el ojo
negro abismo

alargo sombra
simiente oligarca
visitación pendiente
otros hilos
otros paisajes
huelga la razón
la corteza
abre profuso
y es agosto
súbito alacrán
su diente o garra
queriendo romper
la última calma

el culebrón

*Es un relato que no relata nada, pero
por eso mismo resulta que relata algo.*

LORENZO GARCÍA VEGA

el culebrón ronda pero no entra al cuadro hacia el horizonte
nos parece ver una silla por primigenias algas acosada sin
duda otra de las diabólicas tramas de los ganchitos

los ganchitos en la ferretería se esconden por eso vemos
casi siempre vacía esta sección de anaqueles acuden a la
astucia de sembrar sillas que luego se dispersen por las
orillas vi en cierta ocasión una postal donde se mostraba
una de esas playas preñada por los ganchitos

todo este asunto se torna preocupante si la semiótica
nos rodea con esa manera de sentarse alardeando su cintura
el alga posee su gran lucidez y no se preocupa del que
observa ni de cinturas de repetidos diapasones las sillas
no imaginaban esa frescura del alga su visitación nocturna
mientras halagaban al espejo amoratado

por la playa aparecen liebres que no se inmiscuyen o no
sucumben a la sombra que proyecta el de estoica rectitud el
culebrón va y se esconde deja abierto el espacio por donde
germinan (o no) las sin agobio el alga cree estar en su mejor
momento libre de la pasión libre del espejo amoratado

una de las liebres introduce ahora su nariz el culebrón
observa sin querer salir de la sombra la liebre insiste por fin
entra en el cuadro avanza lamiendo la dulce nuca facilona
la parsimonia de su melodrama ensimismado al mismo
tiempo que embellece aturde

joyas

cuello de cisne
alambradas de acero
los perros dormidos de la insurrección
el *spam* del mediodía
infinitas madejas salivando
cuarteto de cámara con botas
lodo postrado en el olvido
para que no se quiebren los cristales de swarovski
ni las cortinas relucientes de pandora
ni los abanicos que agitan un tufo imperceptible
enredado en las patas del tocador
despectivo como una mar orgullosa
arrebatado como una mosca que ciega
y bochornosamente nos persigue

la estancia

la malanga que saboreó a la molleja de pollo
no comprendía cómo pudo ser tan animal
su concupiscencia

saleros
pimientadores a la orilla del mantel
sometían a la mesa
por sus cuatro patas escarranchadas

ah bostezo enorme
dormir la siesta sobre aquellas losas barrocas
casi gastadas de la estancia

mostaza

la forma pierde la traviesa raíz del contenido
se hace un hueco por el remolino de sal

enfrentamientos púdicos del arte
la espada parturienta recoge cintas por el suelo
rebelión de azahares que abandonan el regocijo

así de incompleta es la notoriedad del verso

así la concentración de la esencia
sin la cintura impuesta por la forma
llega por el asalto marino
a la mostaza derramada

idea acto

la idea tienta al acto y se descuelga del ventanal
entre el afloro natural del verbo y el vaivén
de la hamaca bajo el recio travesaño

cortésmente la solapa almidonada esconde
la mejor de sus fibras
su coqueteo con el hilo importado la distrae
del habitual cortejo a la vecina corbata

a ventanales fuertemente cerrados
llega el hedor de las afrentas
el acto que movió la cuerda
hacia el pozo sucio se malogra
su gran viveza inicial ahora cede
adquiere tonos de grisácea
incorporeidad

el acto es ignorante del ritmo
que podría salvarle para siempre
se pasea carente de espejos
de resonancias más bien esenciales

la idea tienta al acto y lo envuelve
entre pañuelos de exquisitos perfumes
lo que une estos pedazos se podría anclar
hacia el costado de dos montañas adherentes

traviesos oros por las avenidas
sobornadas del ocio

la idea tienta al acto

el viaje

para Marcelo Amador y Pete McEvoy,
venciendo el Aconcagua

la cantidad robada de su orilla
quedó encerrada por toneles
en largas e irregulares hileras
el desfalco llegó después de asistir
a la creación de la espada
las ebrias abejas perdonaron
finalmente al buitre

el capitán
vencida su licencia
venía del rescoldo y en su peregrinar
la confusión de sus alas por la humedad penetrante
chamuscados dedos en rojo

le cancelaron la espera sus audaces imprecaciones
se ha congelado ahora su espada de filos inasibles
grises trazos de un pincel sudando suspicacia
discreción del verbo que no vuela
del astro en su relación de envidia con el agua

existe un pacto oculto sembrado de ignorancia
ubicar al raciocinio y desollarlo
cuando no mira nadie
el ramo encendido propaga su escorbuto
ventanas que aun recién lavadas tiemblan

no se debe organizar una excursión
sin sospechar del tiempo
de sus jalones traicioneros
por eso inventamos unos rosales
para no ver la rama que encandila
y el fuego no venga a imponer su escalofrío
una estela de verdades peligrosas
(soñar presupone hundir a la roca en su silencio)

más estirado que un mármol
más liso que la piel de los taburetes
se adentran en el bosque los escalenos ebrios
colmando de arrecifes
y erizos primigenios la playa vacilante

los erizos primigenios refieren su aspereza
a las fogatas de ramos que nuevamente arden
se declaran a favor de la penetración de las espinas
sepulcro ruin donde se aquietan los cascos
bruma cirniéndose en torno al aguijón
de una abeja diabólica

pero qué bella estocada
la incisión de la espada
al alterado gorrión sediento
a plena luz desdoblándose

lo difícilmente duro es el estigma
la coraza del gorrión montándole guardia al muro
lo verdaderamente caro es pasar sin dejar huella
desestimar la paciencia de los astros
una suerte de absolución anticipada en su volumen

a veces la vida parece no transcurrir
se pierde en recovecos sin sopesar el brinco
que es anterior a los espasmos bruñidos
de una época

50

la palabra

cuando renuncia a su espacio la palabra
y la vergüenza va agonizando
extraviada entre renglones
bulle bajo el agua ciego un genocidio
y muere la fe discretamente
la extrusión milimétrica del tiempo
queda entonces sin máscara
olvida el árbol su primera armonía
y no alcanzan las estaciones
el agrario lamento rezuma una canción muy larga
demorando su paso
como un viejo sin memoria
sin rumbo

cine norteamericano

manejas el bronco por la nieve de varios meses perros o
lobos miran yo tenía un suéter idéntico años atrás pedazos
de esa misma soberbia melancólica la presunción de la
violencia mezclada con miedo perro o lobo de ojos azules
yo te preparé esta sopa de nabos acelga picadillo de bisonte
plomo disparado por cañón certero el bronco la nieve lobos
que aúllan bajo un cielo desabrido sin luna

búfalo

búfalo agónico que la marea empaña
así de inoportuna es la violencia
su ataque último y frontal

la suerte es una culebra
su estela de miseria es larga
como el sueño de los renegados
odiada como los sabuesos
que aterrorizan la noche

búfalo ahogándose en su propia sangre
destello final que a la garganta acude
como flores urgentes mojadas del estío
como plegarias de quien no puede articular
otra palabra

el boxeador

te lanzas contra el imperio abarcador de la noche
mientras se extinguen las luces de tus muertos
y un escalofrío roza
la punta helada de una estrella

necesitas perentoriamente el fuego
arrastras tu plan en solitario
rumiando *jabs* ganchos
derechazos

ya ves no es para ti la jodida victoria
pero aun sabiéndolo perduras
desempolvas la gorra
amagas
sientes la sal de tu sangre en los labios

ya ves
no es para ti
pero aun sabiéndolo perduras

la mala suerte

para esto has sido convocado
aunque sientas apagarse tus pulmones
aunque se te vaya enredando la pita
con la que intentas pescar
lo que está al reverso del sol

aunque se derrita la cera de tus alas
y te derribe la mala suerte
de los que intentan

el sobre

abra usted aquí este sobre
como una rama incandescente
misterioso como una ventana
tapiada por el viento

abra por fin este pedazo de infortunio
señor por favor no se retrase
desenvuelva con sus trémulas manos
la filosa navaja contenida

todo lo que teme queda aquí encerrado
todo lo que espera se oculta en este sobre
ábralo usted señor
por dios
no se retrase

la computadora dijo no

la computadora dijo no
el silencio se apoderó del recinto
la respiración incrédula del aspirante

(suelos que engullen constelaciones enteras
mientras el ventilador continúa
su incongruente girar)

fruta macerada
su casi alma en vilo

la ordenanza

caprichos de la ordenanza despiadada
acumulación de noes que en el fragor de la espera
debemos aceptar

la presencia del alguacil al fondo del pasillo
                    deshojando su infancia
vi que no se acercaba
dizque para no sofocar a los corderos
por eso me acerqué yo
dejé bien claro la importancia de todo lamento
tal vez así se ablanden algunos de sus dictados

nada puede adjetivar tan larga espera
gracias finalmente
por el pan nunca ofrecido

hambre

destello de las mareas
hambre de los pantanos
oleadas de una mar incontrolable
desparramada
    ingenua
        mendiga

el reo

la imaginación se ha visto vapuleada aquí
por largo tiempo
las raras extremidades propias del adolecer
cuyo modelo sobrevive una ráfaga y otra
como el ojo quebrantado del celador
de quien sin duda es la armonía
que puede deambular sin andamiajes

con la intención de sembrar
para el consumo único del pájaro
pedimos un permiso al celador
por él supimos que nos vendríamos abajo
el jefe de su doble jefe avinagrado
perdía la paciencia

un paso acorde a la situación actual se hace necesario
así arrastramos el ombligo por el polvo de escupitajos
sin poder ver el cielo

de vez en cuando recibimos la visita del pájaro que habla
suele decirnos extravagancias en su idioma cantarín
a nadie importa
solo deseamos venga a romper
la monotonía de este encierro

el agotado sol se enreda somnoliento
atrás han quedado sus mañanas bailarinas
los enamorados intercambios con el gallito
o el pan madrugador

raras son las extremidades del adolecer
el bofetón que nos devuelve al turbio revoltijo
un añil vendido al peor precio
desenterrando las nostalgias consumidas
en el rellano de la tarde

pero qué explicación dar
qué desiertos recorrer sin ser ceñidos
por la supervisión del celador
y su agüero desmoralizante
qué rumbos o troneras reventar
para que caigan del cielo las ratas en silencio

ah este erizamiento no viene del frío
ni del polvo lunar ni de nubes que se forman
en el perfecto doblez de un sobre de carta

yo que formé parte de este ejército de parásitos
con el gerundio atolondrado llego a cuestas
la blandura desde siempre es mi sustancia
camino como si flotara
sin alterar las lilas que muy pronto
el invierno estropeará sin miramientos

resistencia

pesados
bajo la rectangular cornisa duermen
la reunión entre el león y el mulo pasó
sin que nadie lo notara

la porción que se sirve en los oscuros portales exige un entre-
cejo la concesión de una u otra semblanza alaba al alguacil
no lo sublima reaviva sus impulsos violentos la resistencia
envía una señal muy alta y clara nos llega desde lejanos re-
fugios por los que antaño recelosamente entramos

abandonado el primordial asombro
nos agrandamos ante lo pequeño
volveremos sobre el prado
donde sobreviven aún
algunas esperanzas
y el calcinado y mórbido reír
de las gaviotas

de barajar los grandes asuntos sin obtener nada a cambio
regresamos cuál era el objetivo nadie recuerda repetimos
la misma obscenidad *ad infinitum* boquiabiertos como
pescados en tarima la vergonzosa pezuña que pretendemos
esconder resalta

el cactus

a lo que vamos
matar al tigre quedó atrás
ya no se usa
ahora hay que matar las ganas
de matar

pobre narciso preso en la pantalla táctil
de un móvil
latir bajo la sábana y también sobre ella
qué fastidio

porque no se puede mirar al mundo
y decir ya lo tengo
aunque me estropearía los dedos
si tratara de enmendarlo
total
para qué
si ponen en netflix una serie
demasiado buena

matar al tigre o soltarlo
qué vale una raya más o menos en el mundo
si se nos cierra la ventana
y hasta aquel cactus
que compramos en walmart
se nos seca

investidura

estaba ya en el sustrato la cobriza presencia de un dolor
imaginado no era el trayecto de la piedra lo que produjo
este rumor de monótonos pasos allende surca la vasija
de abandonados ajetreos y es como un cuento a medio
terminar increpaciones al vientre de hormigón un arrebato
hundido por la sombra la investidura o la posesión astral
de una morada

con natural descaro va la letra difamando sueños que
a una vuelta de tuerca como lámparas antiguas desfallecen
la letra no juega más con el deslumbre la música nos llega
ahora de otros rumbos la historia incoherente queda como
una premonición o herencia se arriman las lámparas de acei-
te cada vez más a un cero pausado que apaga sus luces y se
persigna y nos quisiera dañar desde su estruendo maldición
de agónicas visiones recelo por la raíz aromática de lo plural

sus vínculos sanguíneos con el agua cuando se eleva por
la inquietud de la roca rocea una vértebra recién parida con
húmedos pañuelos increados su enamorada unión con el
dolor descubre esa cobriza breve sustancia que desbarata y
vence

la soberbia

modelando ante el espejo danza la soberbia
mas no llega nunca a desnudarse
esconde una inscripción en su reverso
un capullo de venideras garras

como el desvalido la forma
del fuero impuesto adopta
la soberbia a sí misma se imita
y no concede
no restituye sus secos panales mal habidos
no aplaca ese pavor antiguo
que su insolente taconear levanta

es en los muros viejos de la ciudad
donde se siente su dominio
la desnudez de los ladrillos entabla
una conversación
la insuficiente argamasa
aunque lúcida
no pontifica

ah rostro sucio de ladrillo
perversa agitación de las sirenas
presagiando inminentes bombardeos

la danzadora soberbia se levanta

lo grotesco

la desmesura deviene lo grotesco
el caracol se enamora de sí mismo y perece
sin salir jamás de su casa
los griegos conocían los peligros de la *hybris*
vernos como criaturas de una secreta sustancia superior
la racionalización de la maquinaria del desprecio
el vislumbre de una posibilidad donde el yo
se erija supremo
sobre la sombra del otro
el otro permanece ahorcado de un árbol que no entiende
lo grotesco va creando esa finísima red
de la misma manera que el hongo
paciente
va cercando su presa con tal lentitud
que solo en el transcurso de un siglo consigue aniquilarla
la lentitud se entiende aquí como mesura
respuesta calibrada
lo contrario a la semilla de lo grotesco

el lenguaje de lo supremo se torna lenguaje inteligible
una construcción rígida
máquina sin la lubricante bendición del aceite
tropieza
lacera
se raspa las rodillas tratando de huir
mas sin la gracia necesaria
no logra devolver el reflejo del estanque
en la mañana en que un pájaro
al dejar caer su excremento

despierta círculos concéntricos
que adormecen al pececillo

con tanta premura por subir a lo más alto
la sombra que proyecta el ser superior
se vuelve un punto apenas distinguible
imagen transmutada en monolito
alejándose del lenguaje materno sustrae y divide
enreda las ventanas
en una gasa o tejido de poca orfebrería
decantado almíbar agriado

lo grotesco es la supuración de una glándula
que solo el rey ha desarrollado a plenitud
el trono del rey exuda una alquimia
que se traduce en números
parado ante un espejo elucubra
podríamos darles más pastel
en el estadio van a estar mejor que en sus propias casas
tal vez sea mejor que hundamos su remolcador
lanzaremos rollos de papel
que duerman en el piso desnudo
jugaré golf sobre sus cadáveres

la *hybris* se ha dejado embotellar
luce vistosos sellos
condecoraciones
garantías de un producto superior

el ahorcado del árbol susurra otro lenguaje

en pleno vuelo

los andamios tambaleándose
tras apagar el olor de los naranjos
la paciencia de dios lamiéndose a sí misma
bosques a medianoche ebrios
contra la ráfaga audaz del clarinete

dejad los rojos azules
cobíjense en los metales
en la caducidad serena de las piedras

una llamada en el hombro pudiera ser un signo
la potencialidad de una vacuna recién nacida

nuestra insolvencia quedó por fin desentrañada
aquí crece un tulipán que creía muerto
ya nadie lo ata
solo la sombra puede molestar su perfecto colorido
ámbito indiscutible del hongo

ya vendrán otros
ya llegará desde la ciénaga
la esférica intuición de los molinos
sin esa quijotesca facha
de los que vagan salpicados de visiones

estaba la de degas doblada
su puño recogía una esponja como una bufanda
o una rama que el apañado viento tuerce

dime tú a quien doblada
desde hace tanto observan
qué vas a hacer sin el dulzor de los naranjos
acaso no extrañas las voces de los pájaros
que en pleno vuelo enmudecen

la paloma

ves la paloma junto a una línea que se alarga
más allá de la puerta

los episodios de la moral cayendo
a la zona más oscura
gesto que comenzó desde la formación
misma de la piedra

la zarpa del tigre su aliento halógeno
piedra o hueso lunar sembrados en lo ignoto
la correspondencia de la sal acumulada
los espantosos meandros de la miseria

la memoria huye por el hueso y su simiente
qué perfectos segundos transcurren
justo antes de la cognición absoluta

la parábola no obedece
parte hacia el lado más copioso
asintiendo
mientras respira grotescamente por la boca
mas no va a llegar muy lejos
si no se yergue y se reduce
a su hegemonía más pura

los estatutos de la libertad golpean
la sien sin acertado ritmo
ocupar el espacio era ya un logro

pisadas en la nieve azul
aspavientos de ciervo acorralado
como la boda del ojo y la tiniebla

estaba muy lejos la paloma de las manos
su gracia íntima sujeta
no podrá gozar jamás de sus perfumes
jalones migratorios
filosos bordes
línea imprecisa que se alarga
junto a la paloma muerta

el tiempo

el tiempo se derrama
sus intrincados azules
su rostro endurecido como de falsa victoria
como el sonido cansado de las cosas
o la abolición serena de los altos imperios

sutil nos llega entre las sombras
cargando con su paciencia enorme
sedoso por barrancos
el tiempo torvo y taciturno

no veo nada aquí

no veo nada aquí que pueda conectarse con algún ser divino ni siquiera este licor que libo circunspecto qué me importa a mí la gripe falsa del que anuncia un analgésico vistiendo ridículamente un bonete rojo y verde

saber leer los signos vale tanto como una metáfora aguijonear lo innombrable merece su escorbuto un aliento medieval sopla por toda nuestra ciudad saña de los alisios desollando

al que se escapa de dios

a Mario Murcia

al que se escapa de dios le persigue la furia de su enojo
la mala suerte hace colapsar sus huesos
como el inequívoco indicio de todo
lo que han debido recorrer

en confrontación con la medida carcelaria del tiempo
en conversación con la sombra de inestables candelabros
los que abjuramos de dios no sonreímos
apagamos con resignación las burdas velas
y plenos de cinismo y de florestas esperamos
a que viciosos líquenes nos maten en lo oscuro

notoria

notoria la carne pulida de la inocencia
el abandono de dios en sus dominios

los pasos perdidos

así fue que se quebró la fusta
por la costura obtusa de los astros
por el empuje de una vela
hundiendo el horizonte

por donde se aleja la muralla un aire frío gobierna
por donde se pierde su silueta acuden
sentimientos trascendentales

la magia que el corazón infuso proyecta
sobre mármoles no me intuye
la claraboya duele pesos indomados
su intuición cae sobre un espejo

la sintonía
la vejez húmeda de los muros
sus aguaceros cruzados por cerrojos
sus antenas admirando la carroña
de los pasos perdidos

siento el devenir como una vela
como un caracol ensimismado
en su perfecta vasija la armonía
va dictando premoniciones

la rama del árbol de la vida
torcida por el iridio pide ayuda
su misteriosa magia

su urdimbre
su manantial arrastrando la macilenta
diadema de los ojos

yo vi la mar

yo vi la mar
como no podrán verla otros ojos
el plenilunio alborozado miraba adusto
la plata ondulante el lomo
de la incesante ola

aun así no puedo asegurar
si la mar vio a su vez todo mi espanto

la gaviota
famélica invención del viento
no comprendía
como tampoco los estandartes
nublados de la orilla

lluvia

lluvia lluvia
cargas tu negrura a cuestas
a las pocetas heladas
donde se olvidan los muertos

manchas en la pared
catálogo antiguo de desagües
suben y bajan sin memoria
caldos de remotas raíces codician
tu nueva fragua

no tendría que decirlo
mas desembocan tus diversas maneras
de acordonar el cieno

será que es necesario predicar
lo que la piedra en el desierto
nunca dijo

ponyo

acerca de Ponyo, *un film dirigido por*
Hayao Miyazaki, 2008

bajé con avinagrados pasos la breve
escalera de recuerdos
sintiendo la adversidad trepar por lonas
de raídas costuras
el viento ha desembocado con fuerza en la planicie
y bate sin cesar ciudades imposibles

vengo del mar
adherido de costras
animales marinos
moluscos de complejidades astronómicas
hipocampos
curiosas algas de enrojecida tristeza

bajando solo la escalera sopeso estas cuestiones
no quisiera arribar dando tumbos
sin concierto

también sé que retomar la cuesta
presume una humildad que no poseo

contaminados pasos hunden lentamente lo que queda
abismo atroz de las palabras
en derrumbe perpetuo retornamos

barrio

yo soy de aquel otro barrio
recuerdas
adonde muchas veces
no llegaba la luz

barrio donde se mezclaban
en un mismo charco
el áspero roce del hambre
y la sonrisa del amigo

aquel otro barrio
recuerdas
sin luz y sin tinieblas

inventos

además descubrí aquella famosa
pomada de hacer helicópteros
una poción para ir despacio por la vida
ignorando a los que corren
sin intención ni rumbo
un aparato de provocar efluvios
y una matraca de ensordecer santos
unos lápices con goma
que pueden borrar todas las cadenas
una lámpara pequeña
de disipar mentiras
una palangana para ahogar desilusiones
y una escalera que solo sirve para bajar
porque para subir es siempre aconsejable
hacerlo con alas

no me fío

no me fío de las frutas de árboles bajitos
ni de la procesión de miles
buscando el apoyo cuadrado de las cifras

dizque había dieciséis acumulando entuertos
por la calzada hacia abajo siguiendo la lumbrera
yo que había ordenado aguaceros a domicilio
extraña manía de recordar a los ahogados del támesis

elusiva es la memoria que insiste en su destello
sin pretensión ni morbo
poderosas son las manos que entierran escalpelos
sin hallar nunca el hilo secreto de la sangre

no siempre es la sombra lo que ampara
no siempre es la madeja lo que confunde al tigre
por las altas praderas anhelando

lorenzo garcía vega

ensimismado en la pared este manchón escruto
será blasón o vendimia sosegada
mis piernas cubiertas de una pátina feroz
arrastran con pesar los huesos

así es como espero el anunciado aluvión
los espaldarazos ciegos que la historia infama
así es como resurge el jorobado cabrón que llevo dentro
un laberinto o caleidoscopio quizás
en el borde más rugoso del caballo

tal vez no sea la mancha lo que estos ojos escudriñan
sino la imagen que revienta mis costillas a codazos

en playa albina el parpadeo de las olas
alimenta mis úlceras
hediondo de tornasoles y bolsas plásticas
pálido como papiro y seco
y lleno de rencor toda la noche

viviendas de bajos recursos

la espada al verse inscrita en el cuaderno motivaba a los
descascarados cuarteles a los que ahora llaman viviendas de
bajos recursos a los afortunados les parece todo esto muy
chulo pero nunca bajan a transitar las inarboladas calles
respiran un polvo que no preña que no ofrece ningún
regocijo de qué vale tanto azogue tanto verde amputado
cada abril será que nadie recuerda la buganvilia en un
parque dorado donde bañadas de luz las señoras tejían bajo
pájaros negros de un cielo sin cornetas será que finalmente
vendrá la espada a arrasar con todo aunque tal vez logre
aún contener al viento el mismo que inscribió la espada
descaradamente en los cuadernos

las alcantarillas gozan

al versificar las alcantarillas gozan de una inmejorable salud
sus acordeones de murga llenan todo a qué salirse de la som-
bra de los profetas si la ventana por la canícula insolente se
marchita la jovialidad del río sube hasta la calle los incen-
dios alocados de las melenas desconocen límites si el agua
volviera a ser nuestra sustancia canalones atropellados por
donde se filtra una nostalgia una rama abatida por el peso
de la gloria la frontera del sueño se nos vuelve líquida frota
sus ojillos insinceros su apalabrar mojado sin su cimbreante
calidad de otros días no sé nada de abalorios no comprendo
el trino que provoca una revoltura un malestar anclado
en la mirada tristezas de infinitos tornasoles cuando da de
lleno el sol sobre los párpados

mirabal

*Mirabal fue un amigo de mi abuelo por
allá por los campos de Camagüey; de niño
escuchaba ese nombre y me parecía muy
musical; cuando él murió, mi abuelo
heredó su caballo; aquí imagino lo que
pudo ser su funeral.*

propongo el entierro para un día de sol
cal y mejunje
camisas almidonadas

los abrazados por el fuego rodean
sus hombros con espumas
mojados por una mar de espasmos
senderos que silenciosamente cabalgara
mirabal estoico

y me preguntan de qué semilla va este temblor
aguijoneando los incipientes trinos
de cuál ateje colgará el episodio final

imitar a la rosa en su momento más íntimo
cuando un desacostumbrado roce
despierta su alarido

un perro y otro en la boca contienen su hemisferio

la calle de la roca gris

por la calle de la roca gris casi sin ruido las señoras
arrastran dizque caninos de delicadas formas
en esta mañana aún húmeda de ensueños

qué pudiera decirse de esas bolas peludas
de ojos como crisálidas de espantosos experimentos
que en una mañana como esta
por la calle de la roca gris
casi sin ruido las señoras arrastran

por la calle de la roca gris casi sin ruido las señoras

navegación

el trecho que une la calle cuarenta con la más pujante y
veloz veintinueve se enrosca como un gato adormecido en
el ombligo caliente de la tarde es precisamente aquí donde
te asalta una certeza aunque vaga sin aquel sacudón de las
verdades axiomáticas te embarga bajas la velocidad la radio
miras a todos lados como quien ha perdido inesperadamen-
te el rumbo no hallas manera de maniobrar volver atrás de
nada te sirve ahora tu sofisticado sistema de navegación el
mismo que minutos antes con absoluta devoción loabas

hay una hora del día

hay una hora del día que sorprende por la inefable ambigüedad de sus colores no podrías decir si es clara u oscura solo que acontece es en esa hora que atraviesas absorto ahogado de hormigón y de cristales los mismos corredores descubres la pequeñez ridícula de tu existencia te soplan alaridos los antiguos sueños las pequeñas nostalgias recuerdos de húmedos campos perfumados

hay una hora del día cuando las palmas de tu imaginación enloquecen y se te vuelve insoportable seguir mirando hacia delante

la verdad

parda la verdad
por la oblicua senda huye
su inusitado ardor se pliega agitándose
le corren por la espalda sudores
espasmos

la montaña es un hueco hacia arriba
por la excesiva estatura mancillado
córrese cual lava que hiere sin venablo
incisión honda
desamparo de los sermones
canción no autorizada y revuelta

sin ostentar su gracia
sin objetar su miseria
el caballo ciego anhela un sortilegio
va reconstruyendo un espacio
donde aguardar la incomprendida
la elusiva verdad que se estremece

pero qué digo

quizás por la demasiada cercanía a la tortura
o el abandono del antiguo candor
tu rebeldía cuajó
y luego se fue hundiendo

de nada sirven ahora los prados que nos circundan
las cruces
el valor precalculado bajo extrañas lámparas azules
habría que encontrar la punta del ovillo
aplicar el hipnotismo   ir hacia atrás

el hombre lanzó su red al agua quieta
aunque su pensamiento flotaba muy lejos
de toda quietud

las casualidades se pagan caro
los apaleados se retuercen de augurios repletos
ofrecedle una lápida para cubrir sus miserias
ellos somos tú y yo

colgadas de la ventana tus palabras
a medio cocer se desvanecen
las mueve el aire seco de la represión

sin analizarlo apenas
sin una pizca de fulgor y deshojando
todo lo que creías necesario deshojar
llegaste

arrancar al árbol o al cuaderno de notas no importaba
confundías la palabra con la sombra
mas la palabra va tejiendo su emboscada
esperando nos asalte
bajo un puente cualquiera lo inefable

sentado sobre un ovillo de símbolos
al compás de las olas
la meditación o la sombra nos cae como el polvo

lo absurdo evoluciona y se hace digerible
                ameno
                deseable
el colgadero en la ventana abre un ventarrón
las nubes huyeron hacia el patio
donde enterramos acabadas de parir
las esperanzas

el estallido
la conmoción en esta y todas las plazas
las espadas alzadas no ya como plegarias

pero qué digo
si el estandarte ondea todavía
mejor seguir odiando hacia delante

soldados

meticulosos sus fardos de vituallas cargan
por el corredor hacia dentro como hormigas

de desbrozar oscuros matorrales regresan
herederos de una *perfección que muere de rodillas*
con un palo y una lata
todas las noches sin desfallecer cantan
sobre pencas y sacos de arroz se echan a dormir
sin importar si se desatan los profundos sabores
sin que la marea llegue a tocar sus gorras

regresan de deambular mas no rubrican
los ordenados legajos en la mesa
el nuevo acuerdo entre la malla que sujeta al tiempo
y los motines que precozmente
ayudaron a suprimir

por otra parte sí se sienten libres
de perpetuar sus andrajosos sueños
sujetos por un descolorido acuerdo
de no desplazarse hacia los sures

imberbes en sus puestos
entre bocanadas de oro se adormecen
pendiente queda el aherrojado infarto
hondo enigma
sustancia que desde la raíz y hacia las ramas
a implosionar despacio avanza

posverdad

el mito corroboró la falta de cordura jamás aplacada por los pasados aguaceros ya se verá pronto en las caras de las revistas apiladas en sótanos infectos pero esto es algo que no ha pasado aún no obstante me trae de regreso a los montones de legajos y manifiestos que las estadísticas brumosas de algunos periódicos no han podido deshacer

y es que podríamos defender posiciones insostenibles por tiempo indefinido como quien desafía la gravedad y salta de un asunto lúgubre hacia un frutero vacío sin importarle la cortina por donde resbala un haz oblicuo

paseando en medio de tanta máquina recomendadora o de juntar grupúsculos el peón no tenía la más mínima oportunidad de solazarse era demasiado su trabajo en cambio su tartamuda perseverancia podría percudir el resto de lo que queda a saber andar descalzo por el pasto lejos de la nube las manos asiendo una canción bajita de tonos plúmbeos

soñar ortigas o candelabros podría ser la mayor sedición pero qué hacer para ahuyentar el estruendo si revienta puertas de un noble grosor y agita *vendettas* desde el fondo de pozos que apenas respiran y adoran la perfección inmaculada del traje meandros donde sumir inútiles antiguos argumentos

"

sediciones

un suave olor a incienso invade la estancia
por donde corren desnudos fantasmas imposibles
la imaginación de las moscas burla el espíritu
emprendedor de la araña
secos
sus alargados excrementos caen
percudiendo rostros ambarinos

las sediciones continúan
ora con pasos almidonados
ora con risas de congelados cierres

precisamente fue el cierre lo que vino
a cementar el miedo
cierre aún mayor
por eso eran tan desordenadas las largas
episcopales madejas
las plumas abrumadas del alcatraz
vendiendo boletos de lotería

a qué desnudar los anteojos
si comoquiera llegarán nuevas merluzas
y el abochornado halo de un hastío
que por sus agallas brota

usted vende un tonel

usted vende un tonel y se arrepiente
y no es porque una cuerda de su cítara estallara
o soliloquios bruñidos fundieran
los colores del camino

usted vende un tonel
lleno de esa nada que atravesando pastos
se disloca
sus cintas sueltas
el estuco
sus calores prensados en el polvo

usted vende un tonel
quizás también una trompeta por el devenir mohosa
sin sospechar que justo antes
de los ansiados muros le negarán el paso
y un enorme estruendo de piedras
vendrá a caer sobre sus hombros

me vi cayendo de manteles

Una oscura pradera me convida,
sus manteles estables y ceñidos...

JOSÉ LEZAMA LIMA

me vi cayendo de manteles
con las manos atadas a lo oscuro
sin remordimiento ni gozo
ni destello

nadie invitó a la enredadera
salvaje girasol mi cuello
y mis espaldas flagelando

la pasión consume ventanales
por los que sopla un viento atroz
manejador incorruptible
de las mareas

vuelos nocturnos
fuerza invisible de la esperanza
trazando círculos concéntricos

la espada dibuja una parábola
que acaba siempre en uno mismo
y es tan solo una franja de arcoíris
su grotesca función

ya sé la transitoria esencia de la verdad
su malgastada suela recorre las calzadas
y no parece llegar a ningún sitio

partiré dejando algunos versos
testamento parcial de mis andares
donde no gobierna el tiempo llegarán
acaso cabalgando

tal vez una ráfaga los vuelva luz
allá donde se agarran las estrellas a la noche
donde se pierden las almas
en esa oscura
            pradera que convida

Títulos publicados por

Ediciones La Mirada

Katábasis: siete viajeros cubanos sobre el camino, eds. Isel Rivero y Jesús J. Barquet. 2014. 80 pp. ISBN: 9780991132508. Nacidos en décadas diferentes del siglo XX y residentes en diferentes países, Nivaria Tejera, Orlando Rossardi, Damaris Calderón, Joaquín Badajoz, Yoandy Cabrera, Rivero y Barquet interpretan en poemas largos la experiencia de la diáspora y de la evolución histórica de Cuba después de 1959. Imagen de cubierta e ilustraciones interiores: Justo Luis.

JJ/CC, de Jesús J. Barquet y Carlota Caulfield. 2014. 90 pp. ISBN: 9780991132515. A manera de tríptico, este poemario incluye las colecciones breves «Refugios cotidianos», de Barquet; «Flashes (après Reverdy)», de Caulfield; y en coautoría, «Moradas». Las tres colecciones establecen un sugerente diálogo entre sí y ofrecen una poética de la contemplación que celebra la experiencia de la cotidianidad.

Todo parecía (poesía cubana contemporánea de temas gays y lésbicos), eds. Virgilio López Lemus y Jesús J. Barquet. 2015. 166 pp. ISBN: 9780991132522. Primera antología de poesía cubana y cubanoamericana sobre temas relacionados con la condición LGBT. Entre los 42 autores incluidos están Abilio Estévez, Achy Obejas, Alberto Acosta-Pérez, Alina Galliano, Amauri Gutiérrez Coto, Antón Arrufat, Damaris Calderón, Isel Rivero, Lina de Feria, Magali Alabau, Maya Islas, Nelson Simón, Norge Espinosa, Reinaldo García Ramos y Richard Blanco. Incluye poemas en inglés traducidos al español por Barquet y Benito del Pliego. Imagen de cubierta: Jorge L. Porrata.

Imposeída (46 poemas), de Mercedes de Acosta. Eds. Carlota Caulfield y Jesús J. Barquet. Traducción de Caulfield, Barquet y Joaquín Badajoz. 2016. 92 pp. ISBN: 9780991132546. Primera compilación y traducción al español de textos de los poemarios publicados entre 1919 y 1922 por esta autora estadounidense de padre cubano y madre española. Entre temas íntimos y sociales, de Acosta plasmó la experiencia urbana y homoafectiva de una época turbulenta y transgresora. Imagen de cubierta: José Rosabal.

Orbes 1959-2016: Tierra-agua-fuego, Orbe Terrestre, La Afrodita de Cnido, Razón de Eros, Naturaleza en el espejo, de Mercedes Cortázar. Ed. Jesús J. Barquet. Prólogo de Alberto Abreu Arcia. Comentarios de Julio Cortázar, Gastón Baquero y Servando Sacaluga. 2017. 168 pp. ISBN: 9780991132553. Amplia compilación de la poesía inédita o dispersa en publicaciones periódicas entre 1959 y 2016, de la poeta cubana Mercedes Cortázar, quien reside en los Estados Unidos desde 1961. Ilustraciones interiores: Andrée Conrad.

glotOnerías y olfAteos (de florEs en cUbículos), de om ulloa. Prólogo de Yoandy Cabrera. 2017. 122 pp. ISBN: 9781544264943. Libro complejo y múltiple donde disfrutar del sugestivo y renovador entramado lingüístico y temático que define el peculiar estilo de una autora clave dentro de la poesía hispanounidense y cubana contemporánea. Imagen de cubierta: om ulloa.

Espacio circular: quince nuevos poemas y veintidós respuestas a Gerardo Fernández Fe, de Reinaldo García Ramos. Prólogo de Fernández Fe. 2017. 100 pp. ISBN: 9781973981411. Incluye un Apéndice con poemas de García Ramos que se mencionan en la entrevista y proceden de sus libros anteriores. Unos y otros poemas enmarcan una conversación que se vuelve exploración de la memoria personal y colectiva. Imagen de cubierta e ilustración interior: Sergio Chávez Bonora.

Aguja de diversos, de Jesús J. Barquet. 2018. 196 pp. ISBN: 9780991132560. La trama del vivir, con sus inclementes circunstancias políticas y sus zonas litúrgicas de intimidad e iluminación artística y espiritual, es aquí dueña de riquísimas variaciones tonales. El volumen está compuesto por Libro I: *Deslaves,* Libro II: *De repente la vida,* Intermezzo: *Vis(itac)iones de Aztlán,* y Anexo: *Cantos libres.* Diseño de cubierta y contracubierta: Jorge L. Porrata.

Una onda en el agua, de Heriberto Pagés Lendián. Prólogo de Virgilio López Lemus. 2019. 112 pp. ISBN: 9781796219371. Una soledad ontológica crea la onda del título del cuarto poemario de este poeta cubano radicado en Toronto desde 1992, una onda en que lo personal y lo universal se entrelazan creando un mapamundi de referencias temporales y espaciales, una onda que entrega la fruición de las palabras e imágenes del ensueño que es vivir, aun en el destierro. Diseño de cubierta y contracubierta: Franky Piña.

Camino de imposesión (sonetos), de Jorge García de la Fe. En coedición con El Beisman (Chicago). Prólogo de Fernando Olszanski. Estudio de Jesús J. Barquet. 2019. 196 pp. ISBN: 9781798954010. En manos de este poeta cubano radicado en Chicago, el soneto sirve para decirnos que el cuerpo deseado y el cuerpo de la patria participan de una misma intensidad evocativa y resbaladiza que termina sumiendo al hablante lírico en una suerte de desarraigo y perenne insatisfacción. Imagen de cubierta: Ignacio Guevara.

Alada viajera (apócrifos verdaderos), de Aimée G. Bolaños. Comentarios de Eliane C. Amaral, Carlos A. Baumgarten, Nubia J. Hanciau, Jesús J. Barquet y Giliard Barbosa. 2020. 208 pp. ISBN: 9781658143578. En esta amplia compilación de sus libros de 2002 a 2019 y de poemas inéditos, la poeta cubano-brasileña Bolaños (re)crea mujeres de variado origen y trayectoria que escriben contra los poderes y cánones de su época, y que intercambian sus respectivos signos individuales al dialogar entre sí y con quien las escribe y sus lectores.

De cierta arena, de Maricela Duarte-Stern. Colección Nuevas Voces. Prólogo de Eduardo Cabrera. Comentario de Anna Francisca Rodas Iglesias. 2020. 112 pp. ISBN: 9781071137383. Las ricas imágenes y metáforas de este primer poemario de la autora chihuahuense radicada en New Mexico responden a una cosmovisión basada en la necesidad de resistir mediante una escritura que evoca tanto un rico pasado étnico y familiar como un profundo cuestionamiento de la esquiva modernidad urbana.

❧

Ediciones La Mirada

Editor Jefe: Jesús J. Barquet
jbarquet@gmail.com

Editora Asociada: Carlota Caulfield
amach3@hotmail.com

Editor Asociado de Reseñas: Yoandy Cabrera
yoandyc@gmail.com

Por los eneros sórdidos,
de Alexis Soto Ramírez,
concluyó su proceso editorial
el 9 de abril de 2021,
en las ciudades de Ojochal, Costa Rica,
y Las Cruces, NM, Estados Unidos de América.

«*La poesía es un umbral, más que un camino.*»
Seamus Heaney